VENTE

Du Vendredi 9 Décembre 1904

HOTEL DROUOT, SALLE N° 8

à 4 heures

Exposition Publique, le Jeudi 8 Décembre 1904

de 2 heures à 6 heures

AQUARELLES

PAR

ÉMILE BERGERAT

COMMISSAIRE-PRISEUR

M· GEORGES BONNAUD

23, rue Le Peletier

EXPERT

M. L. MOLINE

20, rue Laffitte

CATALOGUE

D'AQUARELLES

PAR

ÉMILE BERGERAT

DONT LA VENTE AURA LIEU

HOTEL DROUOT, SALLE N° 8

LE VENDREDI 9 DÉCEMBRE 1904

A QUATRE HEURES

COMMISSAIRE-PRISEUR	EXPERT
Mᵉ Georges BONNAUD	M. L. MOLINE
23, rue Le Peletier	20, rue Laffitte

Chez lesquels se distribue le Catalogue

EXPOSITION PUBLIQUE

Le Jeudi 8 Décembre 1904, Salle n° 8, de 2 h. à 6 h.

CONDITIONS DE LA VENTE

Elle sera faite au comptant.

Les acquéreurs paieront *dix pour cent* en sus des prix d'adjudication.

Aucune réclamation ne sera admise une fois l'adjudication prononcée.

Paris. — Imp. de l'Art E. Moreau et Cie, 41, rue de la Victoire

HEURES DE JOIE

Anch'io son pittore.
(Antonio Allegri)

A ceux dont l'état — oh! quel état, Seigneur! — est de mettre du noir sur du blanc et qu'on nomme au Bottin: « hommes de lettres », je recommande mon remède contre le surmenage, les déboires et la crampe professionnels. Je lui dois d'abord de ne pas être interné à Charenton, section des écrivains français, et ensuite de pouvoir, étant nègre de naissance, continuer à être nègre, selon la doctrine macmahonienne, c'est-à-dire à écrire sans défaillance. La médication est bien simple, elle consiste à mettre sur le blanc d'autres couleurs que le noir, de temps en temps.

Le nègre littéraire se ménage des heures de paix salutaires dès qu'il s'aventure à jeter du bleu, du rouge et du jaune sur la neige du papier de copie et, s'il se risque jusqu'aux composés, il peut un jour découvrir la joie du vert, par où l'on est paysagiste. Or, le paysagiste est la seule bête heureuse de notre espèce. Osez l'être, camarades !... Mais il faut braver des vergognes.

La première fois que le courage m'en vint, c'était devant une mare encadrée de bouleaux, aux environs de la Ferté-sous-Jouarre. Autour de cette mare, cinq ou six peintres de mes amis étaient campés, et rien de plus allègre, ô Allegri ! que l'atelier de plein air formé par le cercle de leurs chevalets, que nimbait la bonne fumée des pipes matinales. Poëte malencontreux et réduit aux ressources d'un art où l'on travaille mal d'après nature, je ne trouvais rien à rimer aux bouleaux et j'étais de prose devant la mare.

— Si tu attends que la naïade en sorte, me crièrent-ils, tu as le temps d'aller retirer ta lyre du Mont-de-Piété !... Et, pour rire, ils me prêtèrent une toile, une palette et des brosses. J'avais déja la pipe, et, au bout d'une heure à peine, le père Corot eut un rival sérieux en « bouleaugraphie » frissonnante. Ce fut ma mare de Damas.

— Alors ça se gagne ? disaient-ils épouvantés, ces peintres !

J'en étais demeuré là pourtant, car on ne défie les dieux que quand ils dorment et leurs réveils sont durs aux profanes, lorsque j'entrai par mon mariage dans la famille de Théophile Gautier. Il était déjà fort malade, ayant réellement, et à la lettre, souffert de la faim pendant le siège de Paris, mais en outre, abattu sans recours par la ruine d'un régime qui avec toutes ses amitiés emportait toutes ses espérances. Et nous ne savions comment le distraire, tant il s'enténébrait d'ennui et de lassitude de vivre. L'idée me surgit de réveiller en lui le peintre qu'il avait été, ou espéré être, dans sa jeunesse, et qu'une fatale conjonction d'astres, disait-il, avait noyé dans l'encre d'imprimerie. Un jour qu'il traînait ses babouches d'une chambre à l'autre, il m'aperçut comme par hasard, dans la mienne, gravement occupé « à battre du tambour sur la toile sonore » id est : à peinturlurer à tour de bras. — Qu'est-ce que tu fais là, malheureux ? — Je m'amuse ! — Tu ne sais pas t'y prendre. — Comment s'y prend-on ? — Donne moi ta place et regarde !... — Et à la nuit tombante il y était encore, oublieux de ses maux, diverti de sa tristesse, les yeux ranimés d'une flamme, enfin !...

Certes, un art, dont le métier seulement suffit à dissiper les soucis d'un moribond, dégage une joie propre que n'ont pas les autres, et c'est à regarder Théophile Gautier triturer les tons d'une main lasse, qui déjà ne tenait plus la plume, que j'ai compris de quelle ressource philosophique aussi peut être la peinture. Et depuis ce temps, j'en ai fait, équilibrant ainsi les peines et les plaisirs et armé d'un bon balancier pour la corde raide parisienne.

Je ne connais pas, vous dis-je, de tracas, de dégoûts, d'afflictions peut-être, que n'allège une heure de « bouleaugraphie » ou si l'on veut, d'extériorisation devant une mare ou tout autre autre tableau de nature, abstrait par l'œil en « paysage » et réalisé par une dextre, experte ou non, à l'exercice. C'est la leçon qu'allégorisent, je crois, en leurs gambades, les singes barbouilleurs à qui Decamps met la palette aux pattes. Au banquet de la vie, dont l'écrivain reste de plus en plus l'infortuné convive, la carte des grands crûs ne nous offre que deux ivresses, l'ivresse gaie, celle de la couleur, et l'ivresse mélancolique, celle du son. Au choix, que l'on a toujours, quitte à se cacher pour le cuver, n'hésitez pas, remplissez votre verre du bon vin de la peinture et laissez la musique, bière aux lourdes fumées, à ceux qui la boivent dans leurs bottes.

Si je chiffrais au nombre de mes aquarelles celui de mes chagrins d'artiste de lettres, j'aurais droit, chez Barbedienne, à un bronze de la Douleur. Mais, dieu merci, je n'ai pâti qu'à la mesure normale et traditionnelle qui est la part de tous les ouvriers du verbe, et vingt autres meilleurs que moi ont succombé à la tâche sans avoir pu l'accomplir. Je dois avouer que j'ai exagéré la cure de « bouleaugraghie » que je préconise. Pareil à l'enfant qui prend goût à l'huile de foie de morue et qui en double la dose par plaisir, le moindre rebut d'un directeur de théâtre me servait de prétexte pour courir à la mare consolatrice et pour en multiplier les effigies. Le peintre en moi abusera la postérité sur l'homme de lettres, si toutefois, dans douze cents ans, comme soupire Renan, elle me fait l'honneur inattendu de s'intéresser à ma mémoire. Mais il n'y a pas apparence.

J'ai donc, à la suite des années, empilé force

études de water-colour dans mes cartons, — pour y tenir compagnie à mes ours — mais, seuls, mes amis le savaient et ils en gardaient le secret à mes pudeurs. Je leur achetais d'ailleurs leur silence par des présents perfides de ces études mêmes qui les induisaient en débours d'encadrements où elles se paraient d'une valeur décorative d'abord, puis insensiblement négociable, ainsi qu'on le verra plus loin. Et les voila tous maintenant intéressés à en soutenir la cote ! Le truc serait drôle si je pouvais en revendiquer l'invention, mais elle ne revient qu'au hasard, dont la logique n'est pas la nôtre et voici comme :

Le bruit de ma bonne santé, invulnérable à toutes les atteintes professionnelles, s'était répandu chez les hâves, qui ne tardèrent pas à percer le mystère de mon *impavidum ferient ruinœ*. « Il peint » leur dirent mes collectionneurs. Et les malins se mirent à peindre. En peu de temps leurs fronts se déplissèrent, le sourire leur refleurit aux lèvres, et les planteurs et négriers de la possession littéraire, s'étonnèrent de voir leurs nègres, doux au fouet, saluer chaque lever de soleil nouveau d'un hymne à sa lumière.

Puis l'heure sonna où nous nous trouvâmes en nombre et, sur un appel de gong, cinquante écrivains-peintres, qui ne s'étaient jamais autant vus, se groupèrent dans la petite salle de la rue Saint-Lazare appelée la Bodinière, dont l'histoire serait vraiment amusante à écrire. C'était en 1891, il y a quatorze ans. Parmi les projets débattus à la première réunion, il y en eut deux d'écartés tout de suite, le premier était de fonder une académie, le second d'adopter un costume uniforme et voyant, moitié poil et moitié plume, pour nous distinguer loyalement des « étatistes ». On s'en tint à une exposition avec presse, et payante à cause des frais, qui, la bonne humeur du public aidant, réussit au-delà de toute vraisemblance. Ce fut le fameux salon de *Poil et Plume*, peut-être vous le rappelez-vous ?

L'une de ses attractions était un catalogue, devenu plus rare qu'une liberté en République, où chaque exposant, en face de son nom et de son passeport civil, proclamait son esthétique, et donnait, *en vers*, le secret de sa « manière ». Si vous rencontrez sur les quais quelque exemplaire de ce libelle, n'hésitez pas à vous l'offrir, vous y verrez, sous des drôleries variées, des signatures plutôt graves du haut commerce littéraire. Les Goncourt et les Arsène Houssaye y font la ronde avec les Victorien Sardou et les Meilhac dans le cancan de la fusion des Arts. J'y avais convié, à titre de précurseurs du mouvement, de mémorables posthumes, les sieurs Victor Hugo, Alfred de Musset, Prosper Merimée, Charles Baudelaire et Théophile Gautier lui-même, convaincus du « joli brin de plume au crayon » de leur légende romantique, et les bourgeois furent intimidés par ces autorités rétroactives revenues exprès des champs élyséens pour tenir notre bannière : *ut pictura poësis !*

Mais il en advint une bien bonne ! Plusieurs d'entre nous *vendirent !...* La farce tournait au philosophique. Les « étatistes » ou professionnels avaient cessé de rire ou riaient d'ocre. Raoul Ponchon, l'un des cinquante, leur portait des défis arrogants et jetait ses « iambes » dans les leurs. Octave Mirbeau provoquait l'Institut. Paul Verlaine, pensif, louchait aux Amériques dollarifères, et déjà, m'attaquant à l'Architecture, je lavais un plan de panorama où nous nous serions entrecélèbrés et entrepeints selon les diverses esthétiques du catalogue. Et puis la crise de gloire s'apaisa, les imprimeries nous reprirent, et chacun des nègres du noir sur blanc, retourna à sa fatalité macmahonienne.

Donc on avait *vendu !...* Vendre ou ne pas vendre, c'est le « to be or not to be » des Hamlets de l'art moderne, et son doute avait mordu des profanes. La « bouleaugraphie » avait une clientèle. Peut-être pouvait elle faire vivre son homme... de lettres, ô Bottin, lui remplacer le journalisme alimentaire, le roman-feuilletion, et le lever de rideau que l'on appelle : « le bon de pain », à la Comédie-Française. Je remarquai que, de ce moment, les « pilo-plumards », de « Poil et Plume » évitaient de se demander des nouvelles de leurs mares. Je devins moi-même assez chiche des miennes. Je fis courir le bruit que je n'en faisais plus et, pour donner le change, je feignis de vouloir en racheter quelques-unes, de telle sorte — qu'il m'en reste.

En voici une quarante-cinquaine. Ce n'est pas moi qui les ai choisies, c'est un expert, voilà le comble ! Il y joue sa tête peut-être. Il s'appelle M. Moline, et je vous dis que c'est un brave, rien qu'au sourire, qui est de Paris.

Il a pour complice un jeune « marteau d'ivoire », M⁰ Georges Bonnaud, qui se dispose à frapper allègrement, — tout à la joie, — sur l'enclume de la surenchère. Ils vont donc mettre à la criée cette denrée au moins rare : les heures de joie, les heures roses, d'un poête français sous la troisième, dite « d'affaires », avec ou sans majuscule, et si l'allégresse est contagieuse, les acquéreurs n'en feront pas une mauvaise (d'affaire) en en emportant chez eux un fétiche.

Quant à la cure, voici : on n'attend pas que le service de la Poste, toujours bien fait quand il apporte de mauvaises nouvelles, vous jette le souci du jour dans la boîte. On saute à bas du lit au premier signe du soleil, on se leste d'une bonne soupe, digne d'un maçon, et l'on s'en va à l'aventure, droit devant soi, le vice au bec, l'âme à la fenêtre des yeux. Dès que le besoin de chanter s'impose, devant un bouquet d'arbres, un mur enlierré, une flaque miroitante, un champ d'herbes folles, un jeu de lumière, n'importe, c'est là, halte ! Asseyez-vous sur une pierre, armez-vous, et tirez... quoi?... Mais le motif!... Quel motif?... Celui du plaisir, mais pas en photographie, oh non, les photographes sont moroses, en couleur, les peintres sont gais. L'heure écoulée, rentrez chez vous, vous êtes trempé d'airain pour la journée. Vous souriez au rouleau que le directeur vous renvoie, aux paperasses comminatoires d'un fisc plus oppressif que sous Philippe-Auguste, à toutes les rigueurs du courrier, et, tranquille, vous mettez du noir sur du blanc ainsi qu'il est écrit au livre du Destin.

Et que de fois n'ai-je point recommencé au crépuscule!

Décembre 1904.

Emile BERGERAT.

DÉSIGNATION

FIGURES ET INTÉRIEURS

PLEIN AIR

NORMANDIE

BRETAGNE